NLC - Verlagsgesellschaft bR

Kenaz Black Book Label

Ingo Tauer

" Schizzomezzo "

Ingo Tauer:
Schizzomezzo

1.Aufl. – Frankfurt (Oder), Kenaz Black Book Label,
NLC - Verlagsgesellschaft bR, 2002
ISBN 3-8311-3706-4

1. Auflage

Cover Design: Ingo Tauer
Cover Photographie: Xymon

Herstellung: Books on Demand GmbH

An den Leser

Ich kann nicht absprechen, daß es mich freut, wenn Du meine Zeilen in Deinem Kopf zu Gedanken wachsen läßt. War dies "Schizomezzo" ja eigentlich nur für mich gedacht, meine kleine Zwiesprache mit dieser Zeit. Auch kann ich nicht absprechen, daß ich auf Dich hoffe, bist Du ja vielleicht das Ende meiner Flucht, vielleicht Gefährte auf meiner Jagd. Bringst Du den Sinn in meinen Wahn, so bringe ich Sinn in den Deinen. Vielleicht kann ich ein Teil von Dir werden, vielleicht kann ich mit Dir teilen, was ich nie teilen wollte - nie konnte.

Jedoch will ich Dir nichts vormachen, diese Geschichte ist inhaltlich so wie sie optisch wirkt - es gibt hier keine Farben, keine Abstufungen, keine Töne. Die Wirkung auf Dich wird schwarz oder weiß sein. Es soll, und dieses ist vielleicht das Wesentliche an dieser Schrift, die Beziehung zwischen uns verdeutlichen, eben auf das Wesentliche reduzieren. Es soll uns zu treuen Feinden oder treuen Freunden machen.

Ich werde hiermit beschreiben, wie sehr ich Dich hasse, wenn Du nicht verstehst. Ich werde hiermit beschreiben, wie notwendig verwandt Du mit mir bist, wenn Du es tust. Mit Feindesaugen wirst Du es lesen, wenn Du es nicht liest, nicht genau, nicht richtig. Auch sollst Du mein Feind sein, wenn Du es liest um "mitreden" zu können, um zu urteilen. Erst recht erkläre ich Dir den Krieg, wenn Du ein Jemand bist, der schon so verdreht ist, dies einfach zu ignorieren, weil es Dich vielleicht unangenehm wach werden lassen könnte.

Ein Freund dagegen wirst Du, alsbald Du diese Zeichen aufnimmst und bemerkst, daß Du in Dir selbst liest.

Auch noch vorweg: dies ist kein sonderliches "Werk". Es ist keine Erfüllung bestimmter Erwartungen. Es unterliegt keinem Konzept, es wird keinen Klimax haben und keine Pointe. Auch geht es nicht auf meine "größten" Taten ein, auf meine Bands, meine Freunde oder meine Familie. Ich will mich von Anfang an dieser sogenannten Wertung entziehen, da sie wirklich nichts mit folgenden Zeilen zu tun haben. Zumindest nicht im Prozeß der Gedankenfindung.

Es ist spontan herausdestillierter, geschriebener Alltag. Es ist eine kleine Facette des (Un-)Sinns, den ich sekündlich erfahre. Es soll Prävention, Aktion und Reaktion auf eine verkorkste Welt der Marionetten sein.

Sei der, der mit mir versucht, die Fäden zu zerschneiden oder reihe Dich ein in die, die an ihnen zappeln! Geh mit mir auf die Jagd oder laß Dich gefälligst jagen! Mauere mit mir einen Ausgang aus diesem Übel oder laß auch Dich lebendig begraben!

KAPITEL I

...wieder einer dieser Sonntage...

Sonntag, nachmittags komme ich zu mir. Klamm und benommen versuche ich meine Gedanken zu ordnen. Ich habe mal wieder vergessen, den Fernseher auszuschalten - es läuft gerade so ein "neuer" unnutzer, aber nicht mehr wegzudenkender "Talk-Zoo". Gast A zetert mit Gast B um die Wette. Ihre Dummheit unterstreichend und nach außen tragend, diskutieren diese beiden Quintessenzen humanen Biomülls in katastrophalem Deutsch irgendein lächerliches Problem.

Ich schaue eine Weile zu und amüsiere mich darüber, wie wieder einmal solch ein "kluger Kopf" aus dem gaffenden Publikum einen typischen "08/15 Psychologie im Taschenformat" - Einwurf macht: "...aber es kommt doch schließlich auf die inneren Werte an..." - oder so etwas in der Art. Alles klatscht - gebietet ja Anstand für ein derartiges Wunderwerk an Philosophie.

Angewidert von diesem oft besehenen Schauspiel wende ich mich ab. Zurück zur Routine - es ist an der Zeit, das dumpfe Gefühl in löchrige Erinnerungen zu ordnen. Ich habe da schon längst eine kleine Vorgehensweise entwickelt:

1. Körperinspektion, insbesondere Hände und Gesicht nach Verletzungen untersuchen.

2. Erinnern.

3. Bei mangelhafter Erinnerung vorsichtig Freunde und Bekannte anrufen und befragen.

Punkt eins hat ergeben, daß meine rechte Hand und der Ellenbogen geschwollen und blutverschmiert sind. Punkt zwei ergibt 10 Minuten an einer Bar mit guter Laune. Punkt drei hat neben einer fast verscherzten Freundschaft zu Nicola ergeben, daß ich ganz normal an jener Bar saß, irgendwann lächelnd anfing zu starren und zu schimpfen - wohin ich so eindringlich blickte, weiß keiner. Weiterhin soll ich mich dann ruckartig davon gemacht haben.

Tja - klingt ja noch ganz erträglich, aber die körperlichen Zeichen sprechen ja eine andere Sprache. Ich versuche es noch einmal mit Punkt zwei – nichts. Na gut, auch auf solche Lücken habe ich schon eine Antwort gefunden, nämlich sich selbst mit Floskeln zu bescheißen. "Was man nicht weiß, macht einen nicht heiß", seufze ich laut in mein unaufgeräumtes Zimmer hinein und stehe auf. Und wenn wir schon dabei sind, ziehe ich noch die nächste Floskel heran: "Wieder einer dieser Sonntage ...".

Während ich diese Worte murmele, werfe ich mir selbst vor: "als ob man daran nichts ändern könne".

Jetzt langsam bemerke ich erst die Ausmaße meiner Verletzungen, denn schon beim Stehen schmerzt mein Knie samt Fuß und Laufen ist nur beschränkt und wenig graziös möglich. Sofort ertappe ich mich dabei, Ausreden zu erfinden, falls Fragen in Bezug auf meine Gangart entstehen. Da noch Schnee liegt, entscheide ich mich dafür, ausgerutscht zu sein.

Mich selbst beruhigt und am Tisch angekommen, fällt mein Blick wieder auf den "Lügner" (wie ich liebevoll meinen Fernseher bezeichne). Nun läuft eine andere Sendung - ein sehr "jugendlicher" Moderator schießt geradezu mit "coolen" "gags", "fakes" und "just's" um sich, daß ich mich fast frage, in welchem Bundesstaat der USA mein Lügner steht. Tatsächlich streut aber dieser Abklatsch von einem "homo-sapiens-america" zwischen seine Submundart (bestehend aus jahrelang studierter

BRAVO Sprache) Wörter, die man hierzulande auf An-
hieb versteht. Kein Zweifel dies ist ein Deutscher, nein
besser: ein Europäer, nein noch besser: ein neuer "Leh-
rer" im Fach Esperanto. Fasziniert von diesem (Zurück-
)Bildungsfernsehen lausche ich den lustigen Klängen und
bin stolz auf mich, daß ich noch derartig wenig verstehe.
Nun hat das lustig plappernde Äffchen einen "gag" gemacht und belohnt sich selbst mit einem Primatentänz-
chen - ganz zeitgemäß im nichtssagenden Lotter-chill-hip
und hop-Stil versteht sich.

Ich denke darüber nach wie diese possierlichen Tier-
chen heißen, die in Madagaskar in den Bäumen herum-
springen. Lemuren - genau! Genau so sieht dieser Frei-
beuter der Grammatik gerade aus. Und wie ich dieses
Gehampel von Sehnen, Muskeln und Knochen so betrachte, fällt mir ein, wie die Eingeborenen Madagaskars
ihr Lemurenproblem beseitigen: Sie pusten diese Viecher
einfach mit einem vergifteten Blasrohrpfeil vom Baum,
nehmen sie aus und rösten sie über dem Feuer. In meiner
Phantasie hab ich das Blasrohr auch schon angelegt, das
Feuer wartet ebenfalls...

So, genug amüsiert, ich könnte es nun einmal wagen,
einen Blick in den Spiegel zu werfen - Schreck laß nach,
es ist schlimmer als ich annahm. Die Haare ganz verfilzt,
mein lächerlich geringer Bartwuchs hat wieder zuge-
schlagen und um die Augen sehe ich aus wie ein Perser
aus dem Bilderbuch. Ähnlich wie man bei Bäumen das
Alter durch die Baumringe bestimmt, kann ich bei mir
nach eingehender Analyse meiner Augenringe ermitteln,
wie viel Alkohol ich gestern zu mir genommen habe. Es
müssen an die zehn Bier gewesen sein, dazu kommt, daß
ich so gut wie nichts gegessen hatte und ich mich trotz-

dem übergeben haben muß - "wieder einer dieser Sonntage - als ob man daran nichts ändern könne ...".

Und wieder einmal spielt sich bei mir das wöchentliche Silvester samt Neujahr ab. Was ich meine, ist, man nimmt sich etwas vor - man übernimmt sich: "ab jetzt werde ich nicht mehr so viel trinken". Um in Freuds Rätseln zu sprechen: mein ES lacht sich jetzt schon darüber kaputt, mein ICH wird diesbezüglich sehr vergesslich sein und mein ÜBER-ICH ist ein Mitläufer, der mal da, mal dort mitmacht.

Nun geht alles ganz flink: ich humple ins Bad, Blut abwaschen, duschen, Haare wieder zu Haaren machen, Flaum rasieren, anziehen und schließlich Zimmer aufräumen. Ich sitze am Tisch und überlege wohin mit mir: noch immer bin ich appetitlos und zu etwas Kreativem bin ich auch nicht aufgelegt. Also beschränken sich meine Optionen auf Berieseln durch den Lügner oder Wegfahren - raus oder zu Freunden.

Meine Gedanken werden durch eine Frage, die ich wahrscheinlich im tiefsten Koma noch auswendig acapella singen könnte, unterbrochen: "Räusper, öhmm Inge, hast´de ma ´ne Kippe?"

Oh nein, mein Wohngemeinschaftspartner ist auch schon auf den Beinen. In seiner widerwärtigen Dreistigkeit spricht er schon den Satz aus, der ihn nicht besser hätte beschreiben können. Dieser Bandwurm in meinem eigenen Fleisch, dieser schmarotzende Efeu, der sich an mein Dasein klammernd den Sonnenschein abholt, dieses Kuckucksei im eigenen Nest, diese Ratte in der Kornkammer, dieses arbeitslose, faule, mir Geld schuldende, sich für etwas Besseres haltende, überaus häßliche Parasitenmoskitonikotindreckschwein im statischen, mit Schuhputz gewichsten Gebrauchtledermantel will zum

16

x-ten Mal eine Zigarette von mir. Blitzartige Gedanken schießen mir nun durch den Kopf: ich könnte ihm den Ellbogen in seinen Solarplexus rammen, mir in Ruhe eine Zigarette anzünden und rauchend zuschauen, wie er keuchend auf dem Flurboden liegt. Ich könnte ihn kräftig ein paar Male in den Unterleib treten, so daß mit ein bisschen Glück auch gleich gesichert ist, daß dieser Schmarotzer auch wirklich niemals Nachkommen in diese ohnehin schon verseuchte Welt setzt. Komisch, jetzt huscht die Blasrohrszene wieder in meinen Gedanken vorbei. Doch mir kommt eine viel bessere, erzieherische Idee.

Aus irgendeinem, mir nie ersichtlichen Grund verfügt diese geifernde Krake über einen enorm großen Schatz an Stolz. Wenn ich diesen in Frage stellen würde, bedeutete das entweder, daß er sich endlich besinnt und versucht, auch ein kleines Zahnrad der Arbeit zu werden oder ich würde ihm seinen Stolz brechen und ihn auf einer noch niedrigeren Ebene herumpolypen lassen. Also biete ich ihm als Gegenleistung für die 0,25 DM teure Kippe eine erniedrigende Aufgabe an. Ich nenne es: "eine kleine Expedition ins Tierreich", er darf sogar wählen, welche Gattung in ihm das meiste animalische Potential freisetzt.

"Na klar Börge, du mußt nur einen kleinen Hund nachmachen, mit konkret den Lauten "wuäff wuäff wuff wuäff", so tun, als wärest du eine Krake samt geschmeidigen Fangarmbewegungen oder du entscheidest dich dafür, wie ein Lemure (irgendwie haben es mir diese kleinen Halbaffen heute angetan) durch mein Zimmer zu hampeln."

Erwartungsgemäß muß ich ihm erklären, was Lemuren sind. So, die Dienstleistungen sind benannt, jetzt heißt es warten. Anfangs sträubt er sich reflexartig und schließt

17

jede "Safari" völlig aus. Allerdings kann ich ihm ansehen, wie abstoßend es für ihn (und seinen unangebrachten Stolz) zu sein scheint, beispielsweise Flaschen wegzubringen, um sich Zigaretten zu verdienen.

Wenig später kommt Börge, mit dem überaus lächerlichen Versuch, sich zu alliieren, auf mich zu: "Was ist denn mit Deiner Hand, mit Deinem Ellbogen, mit Deinem Fuß, mit Deinem...?

"Mechanisch sage ich: "Hund, Krake, Lemure!"

Er verläßt nun wieder das Zimmer. Vorausschauend kann ich Dir allerdings mitteilen, daß Börge seinen Stolz verliert und in zwei Stunden mit vier Fangarmen ausgestattet in meiner Bude herumkrakt. Amüsiert von dieser Niederträchtigkeit belohne ich den Schnösel, wie eine Robbe, die gerade mit ihren Flossen Beifall geklatscht hat, mit einer Zigarette. Bei mir selbst denkend ob es sadistisch sei, kann ich es mir nicht verkneifen: "Hey Börge, hätte nicht gedacht, daß man deinen Stolz schon im 25 Pfennig-Angebot bekommt."

Knurrend zieht er ab. Provokant lasse ich noch eine Kippe deutlich sichtbar auf meinem Tisch liegen, wissend, daß dieser Lump heute für weitere 25 Pfennig zum Dieb wird. Nun fahre ich in den Wald.

Auf einer Lichtung mache ich Halt und lege mich auf meine Decke. Hier, fernab von Telefonen, Lügnern, sterilen Raufasertapeten, Erwartungen und Entscheidungen, kann ich endlich entspannen. Wieder einmal betrachte ich in tiefstem Respekt die Harmonie der Natur. Alles ist so selbstverständlich in Funktion und Ehrlichkeit, alles geschieht hier in einer unausgesprochenen Absprache.

Allein der große Krieg des Lebens, der sekündlich auf dieser kleinen winterlichen Lichtung ausgefochten wird, ist irgendwie ein sinnvoller Frieden, er gibt mir die Ruhe weiterzumachen - nicht ständig bewußt Amok zu laufen. Einmal mehr erkenne ich, daß es nicht der Bestimmung des menschlichen Tieres entspricht, sich zwischen verkabelten Stahlbetonbauten zu "entnaturisieren". Mit Entsetzen bemerke ich aber auch einmal mehr, wie unfähig ich bin, mich dieser sogenannten Zivilisation zu entziehen. Ich kleiner Hobbywaldschrat will zwar einerseits der wogende Zweig im tosenden Sturm der Wildnis sein, wasche mir aber andererseits meine Loden mit Shampoo und Pflegespülungen und bringe so die Erde dauerhaft zum Kotzen. Mir fällt auf, wie offensichtlich sarkastisch der Mensch mit diesem verwirrenden Drang umgeht.

Da gibt es Leute, die schon so blind sind und sich CD's kaufen, auf denen heimische Vögel zwitschern - zur Entspannung versteht sich. Solche hoch-dekorierten "Pennager" schließen dann auch wie selbstverständlich das Fenster, wenn draußen "echte" Vögel singen - man will ja nicht gestört werden, wenn man schon mal seine CD hört. Ich warte nur noch auf den Tag, an dem so ein computerspielverseuchter Megabytejunkie auf meine Lichtung kommt und sagt: "Ach, das is ja 'ne Scheißgrafik, das hab ich auf dem neuen Pentium 4 alles schon besser geseh'n!"

Aber wer weiß, irgendwann wird aus dieser Ironie bestimmt Wirklichkeit. Es ist ja jetzt schon so, daß man von einem "Computerzeitalter" redet. Früher hatte ein Zeitalter noch die Dimension eines Eisgletschers, der sich, ganz Europa verdeckend und zermalmend, über das Land schiebt. Über zehntausende Jahre formt er Endmoränen, Urstromtäler und bringt riesige skandinavische Findlinge bis vor unsere heutige Haustür. Und nun bezeichnet man dieses überaus nebensächliche "Netz" - in dem sich täglich masturbierende Pädophile bewegen und fette Hausfrauenpratzen unter einem falschen Namen (wahrschein-lich Michelle oder Denise) mit Traummaßen ausgestattet andere fette, männliche Eintagsfliegen scharfmachen - als ein Zeitalter! Tja, aber früher dachte man auch, eine Festplatte sei ein Buffet.

So, jetzt hab ich aber zu lang im kalten Dunkel gelegen, mich friert´s. Ich bedanke mich bei einer Baumgruppe für ihre Gesellschaft und mache mich davon. Zuhause ange-kommen muß ich lachen. Börge samt Zigarette sind ver-schwunden. Sicherlich wartet diese Elster in irgendeinem sicheren Winkel Deutschlands darauf, daß ich seinen diebischen Akt vergesse.

Nun geht es an die Abendplanung, ich habe nämlich vor, noch einmal zu feiern, bevor ich morgen wieder auf die bekloppte Arbeit muß. Ich rufe so ziemlich jeden an, den ich kenne. Statistisch gesehen geben 80 Prozent nur Alkoholleichenlaute von sich, den Rest kann ich motivie-ren, mit mir einen zu heben. Um neun ist Treffpunkt, jetzt ist es 18.34 Uhr. Es bleibt also noch ein wenig Zeit, mich ausgehfertig zu machen und vielleicht etwas zu lesen. Gedacht – Getan. In mein neues Hemd geschlüpft, welches sogar meine knochige Linie gut aussehen läßt, lese ich noch einen Auszug aus Merles "Der Tod ist mein Beruf". So kraß es klingen mag, auf irgendeine Art erin-nert mich die Verfahrensweise, mit der Rudolf Höß sei-nem "Beruf" nachgeht (zur Information: er war Lager-kommandant von Auschwitz-Birkenau und zerbricht sich mit bemerkenswerter Kälte fast die Hälfte des Buches darüber den Kopf, mit welcher physikalischen Anord-nung man möglichst hohe "Stückzahlen" erzielt), an den systematischen Krieg auf meiner Lichtung - es ist be-ängstigend sowie beruhigend.

Es ist acht, Zeit, daß ich das Traumauto meines Bar-keepers finanziere. "Ah Herr Tauer, ein Wernesgrüner?", kommt zum ersten Male die sich später dauernd wieder-holende Frage.

Ich steige je nach Zustand mit einem "Jawoll", einem "Ja", einem "Jo" oder einem betrunkenen "Jupp" in die-sen Dialog mit ein. Irgendwann beginnen dümmliche Suffdiskussionen und schließlich bin ich dem Analphabe-tendasein wieder etwas näher - ich bin voll.

KAPITEL II

...mein Job, meine Frau, mein alter Feind...

Tosendes Feuergefecht, Schreie, ein Sturzkampfbomber heult durch den Himmel - was ist denn nun geschehen? Krieg? Nein, nur meine Anlage die mich jeden morgen um Punkt sieben mit einer völlig verrückten Blackmetal Scheibe weckt. Ich freue mich darüber, daß ich noch eine halbe Stunde schlafen kann. Diese allmorgendliche Freude basiert auf dem Prinzip der klassischen Selbstbelohnung. Ich stelle mir den Wecker der Anlage wissentlich auf eine halbe Stunde früher, um dann morgens taumelnd zu erkennen, daß ich noch eine halbe Stunde schlafen kann - und das ist ja immer angenehm. Meine gute Laune hält dann meist bis zum Eintreffen auf der Arbeit an.

Pünktlich stehe ich vor dem Gebäude und rauche nervös eine Zigarette. "Mist, heute ist wieder Wackeltag.", denke ich bei mir. Gemeint ist, daß ich an manchen Tagen von einer kleinen Phobie ergriffen werde. Ich komme mir stets und ständig von den anderen, sich um den Eingang tummelnden, Proleten beobachtet vor. Die Folge ist dann, daß ich nicht weiß, wohin mit meinen Händen und einfach nicht "normal" laufen kann - ich wackele einfach umher und je mehr ich darauf achte, es nicht zu tun, desto mehr wackele ich.

Na gut, die erste Etappe (den Eingangsbereich) habe ich humpelnd, strauchelnd und an mir herumfummelnd gemeistert. Doch nun erst kommt die Königsdisziplin - der Gang. Drei Meter breit, 72 Schritte lang und viel zu hoch. Der Raum, in dem ich arbeite, befindet sich ganz hinten. Und wie immer lungern irgendwelche schwatzenden Trottel auf dem braunen, gebohnerten Linoleum herum, die sofort ihr Gespräch beenden, wenn man sie passiert. Ich hasse diese Situation. Normalerweise warte ich genau auf den Moment, an dem ich an ihnen vorbeiziehe und wünsche ihnen lauthals: "Einen guten Tag!" Völlig schockiert und verblüfft von meiner Selbstsicherheit stammeln sie dann meist meine Worte nach. Aber wie gesagt, heute ist Wackeltag und ich bin froh, wenn ich diesen immer länger werdenden Gang halbwegs menschenähnlich mit den üblichen 72 Schritten bewältige.

Es wird immer schlimmer, die Kanallien tuscheln, flüstern und kichern. Wut kommt in mir hoch und eskaliert sogar so, daß ich, selbst noch darüber staunend, wie ein waschechter Preuße, kerzengerade und direkt in ihre hohlen Visagen starrend, an ihnen vorbei gehe. Der Wackeltag nimmt hier sein Ende. "Einen guten Tag!", wünsche ich, "Die Pest soll euch holen!", denke ich. Nun wieder die alte Leier: Trottel Nummer eins versucht, meinem bohrenden Blick standzuhalten – versagt. Trottel Nummer zwei versucht es ebenso wie seine anderen Artgenossen - sie alle versagen. Es ist nicht so, daß mir dieser Hierarchiebeweis irgendeine Art von Befriedigung verschafft, es ist für mich einfach nur das "Yang" zu ihrem Läster - "Ying", es ist reine Harmonie.

So, am Raum angekommen und die Tür geöffnet, finde ich mein "Arbeitsteam". Acht Paare fragender Glotzkorken mustern mich, acht gähnende Fressluken erkundigen sich nach meiner Gangart. "Ich bin ausgerutscht, es liegt ja schließlich noch so viel Schnee, da bin ich einfach ausgerutscht.", lasse ich mich auf deren gekünsteltes "Knigge für Arme Interesse" ein.

Nun mache ich das, was ich die ganze Woche machen werde - eine Arbeit verrichten, die so unnütz ist wie das dreizehnte Abiturjahr, so unwichtig, daß diese Tätigkeit das Substantiv "Arbeit" gar nicht verdient hat. Na ja, wenigstens bleibt mir hier oft genug die Zeit, mich meinen eigenen Gaben hinzugeben. Beispielsweise male ich sehr gern, ich finde diesen Schöpfungsprozeß zwischen Vision, Sinn und Resultat völlig faszinierend. Und somit nutze ich jede freie Minute, um Skizzen oder Vorzeichnungen anzufertigen. So bringe ich die Hälfte der Woche ohne weitere Vorkommnisse rum.

Mittwochs geschieht es dann mal wieder. Ich habe mich mit meinen Freunden zusammengefunden, um kollektiv wahrscheinlich gerade den Heckspoiler des Traumautos meines Barkeepers zu finanzieren.

Dann plötzlich: durch den milchigen Raucherdunst hindurch, erstrahlt meine ehemalige Freundin. Dieses elfenartige Lichtwesen macht aus dem fahlen Kneipenlicht eine Korona, heller als die der uns bekannten Sonne. Wie eine frühlingshafte Magnolienblüte schwebt sie regelrecht zu unserem Tisch hinunter. "Guten Abend.", haucht es herüber - obwohl sie eine sehr bestimmte Art zu sprechen hat, ist es immer noch ein Hauchen. So wie jedes Mal, bin ich noch ganz erschlagen von der Aura der Erotik, die sie umhüllt, so wie jedes Mal bin ich gefesselt von ihren ungebrochenen, weisen Augen. Ganz kurz, aber lang genug, daß mir der Hals trocken wird, streifen diese stahlblauen Saphire meinen Blick.

"Hallo.", bringe ich räuspernd hervor und mache mich daran, die Trockenheit in meinem Hals mit einem kräftigen Schluck Bier zu löschen. Wenig später fangen alle wieder an, sich zu unterhalten und zu scherzen.

Ich lausche ihrer mir so vertrauten Stimme. Wieder schwingt auf jeder Welle ihrer Worte dieses ganz bestimmte Gefühl mit, welches nur wenige bei ihr bemerken können. Es ist eine Art Unglücklichkeit, eine Unzufriedenheit, eine ganz spezielle, flüchtende Sehnsucht. Das hat mich schon immer irgendwie mit ihr verbunden. Ich weiß auch gar nicht, wie ich es genau beschreiben soll und trotzdem versuche ich es: Sie ist kein depressiver

Mensch oder ein Jemand, der sich mit zu vielen Dingen zu intensiv beschäftigt hat und daran zerbrach - oh nein, sie ist einfach gut! Und das war's, sie ist gut dort, wo es die sogenannte Gesellschaft verlernt hat, gut zu sein. "Der Mensch ist schlecht.", sagte einst Machiavelli. Ich habe das eigentlich auch immer so gesehen, bis ich sie traf. Doch ausgerechnet sie habe ich betrogen und weggeschmissen, "um mich selbst zu finden", wie ich es damals formulierte. Machiavelli wäre wohl stolz auf mich und würde sagen: "Ingo, du hast gesät, nun verschmähe nicht deine Ernte!" Mit seinem Lachen und seinem akzentuierten Gekeife im Genick sitze ich nun am Tisch und sense jede einzelne Ähre meines damals bestellten Feldes ab. Tja, das ist immer wieder eine komische Situation, ich sitze Ihr still gegenüber, kann und will meist auch nicht mehr sagen als abgehacktes Oberflächengestammel. Ich möchte sie einfach nur beschauen, ihr lauschen und mich ein wenig in ihrer guten Art sonnen.

Dann kommt immer der Moment, an dem sie den Barkeeper heranruft, um zu zahlen. Augenblicklich kann ich mich also auf ihren Abgang vorbereiten. Wieder ein "Tschüssi.", ein Händedruck (der wohl immer ungewöhnlich bleiben wird) und schon ist aus der hitzigen Korona wieder eine verqualmte Kneipenkaschemme geworden.

"Was ist denn mit Dir los?", fragt mich jemand, aber wie soll ich darauf antworten, wie soll ich das erklären, ohne einen Vorwurf zu kassieren? Schließlich treffe ich ja schon auf Unverständnis bei dem Versuch, es mir selbst zu erklären. Irgendeine Schutzausrede muß her: "Ach nichts, ich bin nur müde.", sage ich dann immer.

"Ich möchte zahlen.", rufe ich den Barkeeper. Der Satz dringt in seine Ohrmuschel, schlägt auf den Amboß, klettert auf den Steigbügel, wandert durch die Schnecke und

signalisiert schließlich seinem Gehirn: "Geld!". Mit seiner koboldhaften Stimme singt er mir geradezu ein paar
Floskeln und meinen Zettel vor.

Belustigt davon, was für eine lyrische Energie (seine
Lyrik befindet sich irgendwo zwischen Hamlet, der fragt
"Zahlen oder anschreiben - das ist hier die Frage!" und
Aristoteles, der gerade die "große Philosophie der Knei-
pe" verfaßt hat) dieser Gnom freisetzt, gehe ich. Da mein
Bein wieder einigermaßen in Ordnung ist, laufe ich nach
Hause. Unterwegs treffe ich noch ein Dreiergespann
Punks.

Von Weitem sind sie bloß als eine Silhouette in Form
eines borstigen, verflohten Damhirsches mit drei bunten,
dämlich aussehenden "Geweihen" auszumachen. Nun
kommen sie näher und ich kann erkennen, daß jeder dieser Meilensteine an Asozialität seine ganz individuelle
Art entwickelt haben muß, den löchrigen Durchzug im
Deetz auch nach außen zu signalisieren. Während ich auf
sie zusteuere, gebe ich ihnen Namen. Der Erste heißt
"Urinal", weil man deutlich Spritzer, Tropfen und Fle-
cken Urins auf seinem hosenähnlichen Beinkleid und
seinen abgewetzten Schuhen erkennen kann. Das "Bu-
kett", welches diese wandelnde Transpiration mit sich
bringt, bestätigt dann auch meine Hypothese: dieser Voll-
idiot muß sich vor kurzem an irgendeine Wand, wahrscheinlich die einer Bank, gestellt haben, um seinen an-
gelernten, lächerlichen Protest gegen irgendetwas mit
seinem stinkenden Mottenstab und einer Pfütze Urin zu
besiegeln. Darauf war er dann sicherlich so stolz, daß er
gar nicht erst gemerkt hat, daß ein anständiger "Glücks-
tropfen" in seine Aldischlüpper gegangen ist und er o-
bendrein vergaß seinen Hosenstall zu schließen. Sofort
weiß ich, wenn es mit diesen Spinnern zu Ärger kommt,

fasse ich dieses Viech nicht an, ich würde dann nur ein Bombardement von Grieben in meinem Gesicht riskieren. Der Nächste, "Drecktasche", ist gleichzeitig der Größte und Stämmigste in der Runde. Er trägt auch den höchsten Irokesen und ich muß kichern, daß dieser angebliche Staatsfeind nach Haarspray riecht - "also der muß wirklich ganz arm dran sein", denke ich bei mir. Ansonsten sieht "Drecktasche" wirklich aus wie ein Stoffeinkaufsbeutel, den man ein paar Mal in eine Schlammpfütze getunkt hat. Ich beschließe, im Kampfesfalle ihn als erstes und so effektiv wie nur möglich anzugreifen - als abschreckendes Beispiel sozusagen. Dann wäre da noch "Rumpelstilzchen", der kleine cholerische Wicht, der anscheinend noch nie etwas zu sagen hatte und jetzt in dieser Bande durch seine ständige Hetzerei glänzt. Er hält sich schon jetzt im Hintergrund und scheint mit seiner Billigbierbüchse wie verwachsen zu sein.

Es beginnt: wie zu erwarten, lallt es eine provokante, inhaltlich sinnlose Frage herüber: "Ey, jib ma Kippe!"

Belehrend und ruhig erwidere ich, ob man diese Bitte nicht mit einem wörtlichen "Bitte" hätte ausschmücken können.

"Wat bist'n du für'n Affe, jib mir 'ne Kippe!"

Abweisend sage ich: "Nein.", und mache mich daran an ihnen vorbeizugehen. Doch daraus wird nichts. Zum "Glück" greift mich "Drecktasche" an und somit ist ein heftiger Reflex meines Ellbogens das Letzte, an das ich mich erinnern kann.

Jedenfalls, wie ich am nächsten Morgen nach meiner routinierten Körperinspektion feststellen werde, bin ich unversehrt. Allerdings bringt Punkt zwei wieder einmal gar nichts und fragen kann ich auch keinen, was sich genau gestern Abend abspielte. Also denke ich mir nichts weiter dabei und verdränge diese Geschichte. Nur leider scheitert diese Verdrängung nach zwei Wochen kläglich. Dann nämlich halte ich ein mir schon sehr bekanntes Formular in den Händen.

Markanteste Stichpunkte sind wohl: "Vorladung", "Körperverletzung", ein kleines Kreuz bei "Vernehmung" und noch ein winziges bei "Beschuldigter". Kurzum, ich darf mich bei Polizist Herrn K. im örtlichen Polizeipräsidium melden. Witzig bei diesen Anschreiben finde ich immer, daß sie stets mit "Sehr geehrter Herr Tauer..." beginnen. Ich meine, es ist ja die behördliche Pflicht der Lakaien, jemanden höflich anzufordern. In Wirklichkeit würde ich mir allerdings ein offenes "Sehr geehrtes, straftätiges Arschloch..." wünschen und nicht dieses "wir wollen ihnen ja nur helfen" Gekritzel.

Der Freund und Helfer war natürlich auch wieder darauf bedacht, so "dezent" wie möglich vorzugehen und mich zur regulären Arbeitszeit genau um neun in der Frühe zu bestellen. Wahrscheinlich verschafft es diesen Schergen schon eine gewisse Befriedigung, wenn sie beim Aufsetzen solch eines Schreibens ahnen, wie ich zum wiederholten Male vor der Chefin stehe und erkläre: "Es muß sich dabei um einen Irrtum handeln." Dann kassiere ich diesen entgeisterten, glotzenden Blick, der sich aus Vorwurf, Mitleid und gekünsteltem Verständnis zusammensetzt.

Den Vorladungstermin nehme ich absichtlich zu spät wahr und so stehe ich neun Uhr vierzig vor der Institution der Kontrolle. Ich habe mich heute so radikal wie nur möglich angezogen: Patronengurte, Nietenarmbänder, ein § 86-a-Shirt und 20-Loch Kampfstiefel mit Metallschienen. Jede Bewegung die ich mache, klingt in jeglicher

Art und Weise metallisch. So betrete ich wie ein stählernes Laufband die Wache.

So ein Bulle öffnet mir die Tür und fragt mich trollhaft lächelnd irgendeinen niveaulosen Mist. Ich ignoriere ihn, lasse ihn an Ort und Stelle stehen und freue mich darüber, daß seine "Aufgabe" darin besteht, die Tür hinter mir wieder schließen zu müssen. Ruhig, aus Gewohnheit heraus, laufe ich die Treppen zum Vernehmungszimmer hinauf. Dort angekommen denke ich bei mir: "Das war ja klar, wie hätte es denn auch anders sein können?!" Herr K. hatte die Tür offen stehen lassen und war natürlich noch mit etwas beschäftigt.

Das ist, war und wird immer so sein: die Schmiere bestellt einen zu einer gewissen Zeit, unterstreicht dabei noch, daß es besser wäre, pünktlich zu sein und sitzt dann letztendlich aus purer Schikane noch am Schreibtisch, um "etwas auszufüllen". Sinn dieser Übung ist einzig und allein, von vornherein zu zeigen, wer hier die "Macht" hat. Und genau deshalb hasse ich die Polizei, alle Polizisten und alle Politessen. Nur weil diese Gurkentöpfe einmal zuviel auf dem Schulhof verprügelt wurden, sie sich zu Hause nicht beim Partner durchsetzen können oder stets und ständig keine Beachtung entgegengebracht bekommen haben, sind sie zu wichtigen "Personen" geworden, zu Bullen. Und genau solch ein "verständnisvoller" Helfer der sogenannten Gesellschaft sitzt nun vor mir und läßt mich warten. Wahrscheinlich hat er gerade noch aufgeregt herumgesessen, sich seine Fragen überlegt und sich gewundert, wo ich denn bleibe. Dann hört er meinen stampfenden Schritt auf dem Gang poltern, nimmt sich ganz schnell ein Bogen und kritzelt ganz "beschäftigt" los.

Fast gnädig legt er nach einer halben Ewigkeit jenen Bogen beiseite und fängt an, mich zu mustern. Er steht auf und gibt mir die Hand. Es ist eine kleine schwitzige Bürohengsthand. Immer nur gekritzelt, Hände geschüttelt und wahrscheinlich bei Razziapornos masturbiert. Ich greife so fest zu, daß er sie ohne große Gegenwehr flink zurück zieht. Sehr unterhaltsam an dieser Situation ist noch, daß er sehr viel kleiner ist als ich und ich richtig auf ihn hinabschauen muß. So sehr mich das freut, verärgert es ihn – ohne, daß bis jetzt überhaupt ein Wort gewechselt wurde. Beide setzen wir uns wieder und die "Schlacht" beginnt.

"Name?", fragt er.

"Wissen Sie doch wohl genau."

"Den Namen!", sagt er lächerlich drohend.

Als Antwort werfe ich ihm bloß meinen Ausweis zu - "den will er ja sowieso gleich sehen und meine Angaben kann er ja daraus auch entnehmen", denke ich bei mir und beschließe, auf weitere Fragen nicht mehr einzugehen. Doch natürlich kommt es "poliunverzeilich".

"Ich sagte: der Name!"

Ich verweise mit einem Blick auf meinen Ausweis. Er zögert, und da schau her, er nimmt ihn und schreibt sich meine Angaben ab. "Eins zu Null", denke ich.

"Wo waren Sie am ... um ... Uhr ?", fragt er schon jetzt genervt.

"Ich hoffte eigentlich, das werden Sie mir sagen."

"Na gut, Herr Tauer: laut den Aussagen von Herrn A., Herrn B. und Herrn C. befanden Sie sich in jener Nacht auf der Straße so und so, als Ihnen A. zusammen mit B. und C. begegnete. Sie, Herr Tauer, wurden gefragt, ob sie denn nicht eine Zigarette abgeben könnten, woraufhin Sie grundlos auf A. eingeschlagen haben."

Sofort war mir klar, daß eine dieser Ratten mich irgendwie vom Sehen her oder vielleicht durch meine Tätigkeit in unserer Band gekannt haben muß. Natürlich haben sie die Situation dann auch noch schön ausgeschmückt und den Vorteil genutzt, in der Zeugenüberzahl zu sein.

"Wie geht's denn dem Herrn A.?", erkundige ich mich desinteressiert. Und wie aus der Pistole geschossen (was bestätigt, daß er sich die Fakten schon vorher penibel zurechtgelegt hatte) kommt die vorwurfsvolle Antwort.

"Er erlitt eine Nasenbeinfraktur, eine Platzwunde am Jochbein sowie an der Augenbraue, eine Rippenprellung und sein Sprunggelenk ist verletzt."

Mit anderen Worten, ich habe ihn ganz schön zurechtgemacht. Ich erkenne auch sofort eine gewisse Struktur in der Art der Verletzungen. Es handelt sich hierbei nämlich um eine ganz spezielle Kombination einer Kampfsportart, mit der ich mich vor Jahren mal beschäftigt habe. Ich muß mich schon wundern, daß ich sie noch derart gut zu beherrschen scheine.

Nun schildere ich dem Wachtmeister, wie sich alles wirklich abgespielt hat (soweit ich mich erinnern kann). Pausenlos höre ich dann die alte DDR-Schreibmaschine "Optima" rattern und lese mir anschließend schmunzelnd seinen ABC-Schützen-Aufsatz durch. Ich glaube, ich habe noch nie ein derartigen Perfektionismus an "Antisprache" gesehen. Dieser Karikaturist des Alphabetes hat es tatsächlich geschafft, bis auf seinen Namen alles falsch zu schreiben - und das in einer unfassbaren Kreativität. Mit ruhiger Stimme weise ich ihn auf jede einzelne seiner rechtschreiblichen und grammatischen Schwächen hin. Der "desktop-cop" sieht sich nun in seinem Metier angegriffen, wie ein kleines Schulkind behandelt und reagiert nur mit ein paar dummen, cholerischen Ausführungen. Schmunzelnd darüber, daß Herr K. seine fassadenhafte Beherrschung verlor, darf ich gehen. Auf zur Arbeit!

Kaum komme ich in den Raum, hagelt es Fragen über Fragen. In diesem Mikrokosmos von Vernunft und Referenzen erscheine ich den Anderen stets wie ein Astronaut, der aus dem fernen, "kriminellen" All daherkommt. Ich antworte nicht und lasse sie in ihrer Neugier und meiner Unberechenbarkeit baden. So endet auch diese Woche ...

KAPITEL III

...Ventile...

Endlich, es ist Freitag und ich habe heute schon mittags Schluß. Das Wetter macht den trügerischen Schein, daß schon Frühling sei. Die Luft riecht einfach herrlich und die Sonne wärmt einen, wenn man aus dem Schatten tritt. Früher liebte ich den Winter, schon wegen der großen, weißen Unberührtheit, die über Nacht kam. Man wollte einerseits inmitten von ihr stehen, schaffte das aber nie, ohne hässliche Spuren zu hinterlassen, die dann alles "berührt" machten. Auch das Eis, welches den ganzen großen Fluß unserer Stadt zum Anhalten brachte, war ein kolossales Phänomen für mich. Man konnte sich auf jenes mystische Gewässer begeben und in das tiefe, drohende Schwarz unter einem schauen, ohne hineingesogen zu werden. Ich muß dazu sagen, daß der Winter heutzutage in unseren flachen Gefilden nicht gerade sehenswert ist. Wenn überhaupt, liegt hier ein bis zwei Wochen eine dünne Schicht Schnee, die sich dann sofort mit Matsch, Hagel, Regen und Streusalz die Hand reicht. Heute freu ich mich schon eher, wenn die Natur solch ein paar Tage des Erwachens in die winterliche Naßkälte streut.

Ich verzichte zum ersten Mal in diesem Jahr darauf, mit Jacke vor die Tür zu gehen und genieße den ungewohnten, aber doch vertrauten Wind. Wie flockenhaft bringt er Blüten des Frühjahrs mit sich. Genauso flockenhaft fühlt sich mein Bauch an, immer wenn ich diesen lieblichen Duft schnuppere. Alles dreht sich bei mir um einen Gedanken: raus auf meine Lichtung!

Mit Ach und Krach fahre ich nach Hause, packe und mache mich davon. Mit einem zufriedenem Lächeln auf meinem Gesicht beobachte ich die Herden der Stadt. Wie Eis, das bei Hitze den Aggregatzustand ändert, adaptieren diese Schäfchen sich schon nach fünf Minuten Sonne zu "sexy" Minirock- und Muskelshirtträgern. Sofort ist es unheimlich wichtig, ob man dieses Jahr noch "hip" ist, wenn man bauchfrei trägt und welche modische Farbe dieses Mal das "sommer-feeling" am besten repräsentiert. Noch vierzehn jährige Mädchen "müssen" plötzlich auf einen Büstenhalter verzichten, daß auch ja jeder erkennen kann, daß sie, mit ihren Nippeln ausgestattet, schon "echte Frauen" sind. Was kümmert's mich eigentlich, kann ich doch gleich den beruhigenden Geräuschen des Waldes lauschen und meinen Groll in die unendliche Weite der Natur hinausschweben lassen.

Angekommen gerate ich auch dieses Jahr ins Staunen, was sich alles verändert hat. Es ist fast so, als würde ein Vater seine Kinder aufwachsen sehen, schaue ich auf die mir vertraute Baumgruppe. Wieder haben sie ihre Finger ein ganzes Stück näher in Richtung der nährenden Sonne gestreckt und wieder ist die Stimme ihres raunenden Astwerkes kräftiger geworden. Auch sind schon verschiedene Vogelarten aus dem trockenen Süden zurückgekehrt und geben lauthals ein mehrstimmiges Konzert. Auf der Decke liegend, lasse ich mich treiben in diesem Meer von Zusammenhängen, dieser Weisheit aus der wir alle entsprangen und "hinwegsprangen". Ich schlafe, so wie ich schon lang nicht mehr geschlafen habe. Keine Schuldgefühle, kein unnutzes Gewissen, keine unverständlichen Träume - nichts, nur schlafen. Umso mehr Hass empfinde ich, als ich von einem röhrenden Hubschrauber des Bundesgrenzschutzes geweckt werde.

Wie ein zu fett gewordener, elektrischer Schneebesen schraubt sich dieses alles verpestende Ungetüm durch den Himmel. Alles, was eben noch an Atmosphäre da war, ist nun verschreckt, flüchtet und verhält sich still. Voller Wut flüchte auch ich zurück in die Stadt. Für heute wurde es mir zum tausendsten Mal genommen, einfach die Möglichkeit, nicht Teil der restlichen Menschheit zu sein. Wieder musste man mich erinnern, wer ich bin: Ingo Tauer, wohnhaft in soundso, Straße soundso, mit meiner Personalausweisnummer soundso. "Danke.", denke ich bei mir und bemerke, wie sich in meinem Innern schon wieder so viel angestaut hat, daß es zu eskalieren droht.

In solchen Momenten greife ich auf meine "Ventile" zurück, ein Psychotherapeut würde sagen, ich nutze den Schutzmechanismus der Verschiebung. Das heißt, ich habe ein Problem, kann es in bestehenden Verhältnissen aber nicht lösen und verschiebe es auf eine andere, zu lösende Ebene/Situation. Mein erstes "Ventil" - die Lichtung ist zumindest für heute verdreckt und verstopft. Also muß ich wohl auf die Bandprobe warten. Zur Information: ich bin Sänger der beiden Blackmetalbands "Riger" und "Depraved". Für mich war diese Stellung schon oft sehr hilfreich, denn es ist eine ziemlich aggressive Musik, die wir machen. Hier habe ich völlig freie Hand, bin sozusagen ideologischer Teil, ich verfasse die Texte, gestalte alles Graphische, doch vorwiegend nutze ich den Aspekt, hier völlig legitim auszurasten und den Hass, den ich empfinde, herauszuschreien. Ich kann ohne weiteres ventilieren.

Heute ist Riger mit Proben dran. Leider erst in zwei Stunden. Was soll ich denn nun machen, so wie ich jetzt bin? Zum Glück fällt mir ein, daß bei Riger noch Texte überfällig sind und so beschließe ich, die nächsten zwei Stunden dafür zu nutzen, meinen Zorn in Vokale, Konsonanten und Reime umzuwandeln. Mich der Lyrik hinzugeben fällt mir sowieso viel leichter, wenn ich kurz vorm Amok stehe. Angelehnt an meine heutigen Beobachtungen der Herdentiere, schreibe ich einen Text, der allgemein auf die gesamte restliche Menschheit und allgemein auf die gesamte restliche Menschheit und seine Fadenzieher bezogen werden kann. Er lautet "Homo decadence" (siehe Anhang). Die Zeit geht sehr gut herum, denn es bereitet mir Spaß, dieser verdorbenen, sich immer mehr entwickelnden Zurückentwicklung den Krieg zu erklären.

Einigermaßen beruhigt, fertige ich noch eine leserliche Abschrift des wutentbrannten, Ork-runen-ähnlichen Originalgekrakels an. Die Uhr zeigt viertel vor sechs an - Probezeit. Ich schnappe mir den Zettel und rase wie ein Busfahrer, der seit Stunden pinkeln muß, zum Proberaum. "Ich hatte Lust jedem Panda eine Kugel zwischen die Augen zu setzen, der nicht ficken wollte, um seine Art zu retten.", ziehe ich ein Filmzitat heran.

Angespannt sage ich jedem Bandmitglied guten Tag und erfahre voller Beruhigung den Moment, in dem die Gitarren anfangen zu sägen und das Schlagzeug wie ein donnerndes Herzflimmern pulsiert. Ohne Probleme finde ich den Einsatz und keife meinen neuen Text in die restliche verkorkste Welt hinaus. Diese paar Minuten sind auch wie der schon erwähnte Schlaf, den ich schon lang nicht mehr geschlafen habe. Er ist in seiner Art so intensiv, so befriedigend, einfach so richtig. Drei Stunden proben wir und drei Stunden bin ich (und die Menschheit vor mir) sicher. Doch nun ist Schluß und jeder macht sich fertig, um zu Hause einzukehren. Entspannt fahre auch ich heimwärts.

Nachdem ich den Probeschweiß und den Proberaumqualm abgeduscht habe, ziehe ich mir irgendwelche, frische Klamotten an und telefoniere herum, was man heute Abend macht oder besser gesagt, wo man sich heute betrinkt, um den kaputten Alltag zu vergessen. Natürlich findet man einen Ort und eine Zeit. Bis dahin schau ich noch eine Weile in den Lügner.

Ich schalte genau in eine sogenannte Verbraucherinformation hinein. Das ich nicht lache, als ob man "informiert" werden müsste, was man zum leben braucht. Egal, zum leben heutzutage unabdingbar notwendig ist, daß man zu jeder Zeit, überall kommunizieren kann. Auch auf einem Scheißhaus mitten in Kamtschatka kauft man Aktien, die man sich eigentlich nicht leisten kann, via "Waphandy", "Notebook" oder "Laptop" - und das "online" versteht sich. Das ist dann total weltmännisch, offen und "cool". So etwas will mir jedenfalls gerade das Filmchen eines bekannten "Telemutationsdienstes" aufschwatzen - äh, Entschuldigung, es will mich ja nur informieren. Inhalt jenes mir schon bekannten "spots" ist: ein Paar in Unterwäsche, das gerade verschlafen im Bett herumlungert. Beide haben aus werbeträgerhaftem Grund ihre fransigen Haare Violett-Rot gefärbt. Pumuckel - weiblicherseits macht mit ein paar geflüsterten Worten Pumuckel - männlicherseits darauf aufmerksam, mal aufzustehen. Pumuckel - männlicherseits hat dazu aber keine Lust und verneint nuschelnd. Aber Pumuckel - weiblicherseits ist ja nicht dumm - es schnappt sich einfach ihren "online-laptop" und tippelt darauf herum. Wenig später erschallt ein piependes Geräusch im PC von Pumuckel - männlicherseits. Dieser hört es und wie selbstverständlich macht er das, was er eben mit seiner Freundin nicht gemacht hat - nämlich beachten. Ganz in Panik kraucht er aus dem Bett, zischt zum Computer und liest erstaunt: "Na, doch schon aufgewacht?" Kichernd und stolz schauen sich dann beide in ihre gecasteten Augen. Pumuckel - männlicherseits kriecht zurück zu Pumuckel - weiblicherseits, die noch ihren Laptop in den Händen hält. Als dann beide wieder im Bett liegen, klingelt alsbald der online-laptop und Pumuckel - weiblicherseits liest belustigt: "Machst Du noch schnell das Licht aus?" Nun ziehen beide das berühmte "mentos-freshmintsgesicht" und sind glücklich. Sie haben ja schließlich eben so brav "kommuninfiziert". Hoppla, ich habe gar nicht gemerkt, daß ich schon eine Weile mit meiner Gotcha-Halbautomatik auf diese zwei Leuchtbojen ziele – tja, Scheiße passiert... Natürlich muß diese tiefsinnige und überhaupt nicht offensichtliche Manipulation mit dem Werbebanner: "Kommunikation ist alles" abgerundet werden (zur Bemerkung: Arcor).

Nun bin ich wieder ein Stück "reifer" und "informierter", denn schließlich wurde mir ja gerade gezeigt, wie angebliche Menschen heutzutage miteinander umzugehen haben. Im Ernst, immer wenn ich so etwas beobachte, fühle ich mich wieder ein gehöriges Stück ausgeschlossen, weit entfernt vom "Blendtrend" - und das ist schön. Ich fühle mich dabei erhaben über dieses jämmerliche Scheuklappengerümpel, welches derartigen Unsinn tatsächlich zum Lebensinhalt werden läßt. Ist es eigentlich eine Art von Antihumanismus, wenn man von einem gewissen Wert im Menschen ausgeht? Ist mir egal - jedenfalls erachte ich diese Schatten ihrer Selbst als minderwertig, als Drohnen im großen Bau des kollektiven Denksuizids. Der nervenaufreibenste Punkt an dieser Sache ist, daß diese Roboter sich ihrer Sache so sicher sind. Sie sind überzeugt davon, richtig zu liegen, "denn schließlich machen das ja alle so". Und dann passiert es viel zu oft: als einer, der erkannt hat, daß es bei so vielen "Blindividuen" Perlen vor die Säue geworfen ist, sie aus ihrem Schlafwandel zu erlösen, kommen ausgerechnet diese Wimpel auf mich zu und wollen mir ganz mitleidig helfen, wollen dich wieder "eingliedern", dich wieder Teil haben lassen an dem rosaroten Gefüge der Regeln und Gesetze. Ich weiß dann immer gar nicht, wie ich als erstes ausklinken soll - es ist, als würden diese Spinner, an den Drähten einer tickenden Zeitbombe spielend, sich an den lustigen Funkenschlägen erfreuen. In manchen Fällen schaffe ich es noch, diese "Missionare" zu ignorieren, meistens jedoch gebe ich ihnen ein Stück von meiner ganz speziellen "Liebe" mit auf den Weg. Genug philosophiert. Ich schalte fast etwas majestätisch den Lügner ab.

Auf zum "Winterwochenendalgorithmus": (ver-)lachen, betrinken und vergessen... Zurück zu den Instanzen der bekannten Freud-Unlogik. Ich bemerke schon jetzt, daß mein ES erneut Stärke getankt hat und droht, auszubrechen. Auch alle Versuche auf mein "moralisches" ÜBER-ICH zurückzugreifen werden kläglich scheitern - wie sollte das auch anders sein, da ich die Moral in der derzeitig bedienten Definition ja verachte. Tja, und mein Bewusstsein kann ich nicht mehr länger ertragen und werde es mit Alkohol abtöten. Ist es die Frage, wie ich diese kaum zu bändigende Wut in mir züchtige, oder eher die, ob ich dies überhaupt will? Ich weiß es nicht und immer habe ich mich über ein bestimmtes Schemata an eine Antwort herantasten wollen, nämlich abzuwägen, welchen Schritt ich als nächstes gehe:

1. Kämpfe ich gegen bestehende Verhältnisse und lasse meiner Wut freien Lauf - versaue ich mir langsam aber sicher mein ach so lebenswertes Leben.

2.   Ignoriere ich bestehende Verhältnisse und "stehe
drüber" wie man so schön sagt - funktioniert sehr
selten, weil meine Wut viel zu groß ist und es eine
Selbstaufgabe für mich darstellt.

3.   Versuche ich zu ventilieren und so meinen Zorn
"abzubauen" - klappt teilweise ganz gut, nur daß
mir die Möglichkeiten zu   ventilieren eingeengt, indiziert oder genommen werden.

4.   Adaptiere ich mich dieser Gesellschaft gegenüber
- fällt einfach aus!

Na ja, bis jetzt bin ich "ein großer Kämpfer" gewesen
und habe so manchen damit beeindruckt und so man-
chem den Kopf gewaschen und auch so manch Falsches
zerstört, so manch Gutes erschaffen. Und das ist es
"bloß", wozu ich in der Lage bin. Ich bin mit dem Kampf
eine Symbiose eingegangen, die ihn am Leben läßt und
mich befriedigt. So war es, ist es und wird es immer sein
- diese Woche, dieses Wochenende, jedes Jahr. Mit diesen Gedanken und meiner Rune vor den Augen endet
auch heute mein Bewusstsein...
Die Pforten sind geöffnet für mein Schizzomezzo...

KAPITEL IV

...Schizzomezzo...

Das Licht wird schwarz und Schatten wirft Licht. Die Dunkelheit ist nicht mehr dunkel für mich, ist mein Tageslicht. Der Mond wird zu meiner glühenden Sonne. Scheue Augen der Nacht grinsen mich an und ich grinse zurück. Die Geräusche des Dunkels flüstern mir zu und ich gebe schreiend Antwort. Die Sterne (vielleicht schon längst tot) sind mein Publikum in dieser Arena - der Welt, sie jubeln mir zu. Wie durch die Scheibe eines Terrariums sehe ich sie, die Laborratten, wie sie gar ehrgeizig herumtollen und sich zwanghaft amüsieren. Aus Zielstrebigkeit wird "zielstrebige Ziellosigkeit". Aus Toleranz wird ein fremdartig klingendes Wort. Ignoranz bedeutet nur Feigheit. Einsamkeit wird nun zum Vorteil, zur Bestätigung. Aus Geben wird Nehmen. Mitleid existiert nicht für mich, ich habe genug mit mir zu leiden. Gnade ist krank, ist nur Ausdruck für Wankelmut. Meine "Krankheit", wie sie es nennen, ist nun Genesung - Nemesis ist Genesis. Meine sogenannte Andersartigkeit ist nun Art. Zeit existiert nicht, nicht mit, nicht neben mir. Schritte gehen nur in die richtige, für sie in die falsche Richtung - drei Schritte vor, nie einen zurück. Meine Pfade werden nur gekreuzt, nie läuft ein anderer parallel.

Nur _ich_ nehme wahr, nur _ich_ bin Gesetz, nur _ich_ bin mein Herr.

Angst kenne ich nicht, ich verkörpere sie, bin der Spiegel eines jeden Lügners und eines jeden "Frommen". Wenn ich lache, dann zerschmettere ich ihr perverses Kartenhaus aus jämmerlichen "Problemen" und "Sünden". Von mir kann man nichts erwarten, mich kann man nicht berechnen, ich bin nicht von "hier", ich bin nicht wie sie. Mich kann man nicht definieren und katalogisieren - das wäre, als würde eine Amöbe versuchen, einen Elefanten zu beschreiben. Aus Interesse wird Fanatismus, aus Duldung tiefsitzender Hass. Aggression gibt Energie, anstatt sie zu nehmen. Jede Zerstörung ist ein Ziegel im Bau meiner Welt. Ihr "Verständnis" bringt mich zur Tobsucht und ich werde stetig abhängiger. Jede meiner Wunden wird vernarben und beim nächsten Mal zäher sein. Jeder gebrochene Knochen wird heilen und beim nächsten Mal stabiler sein. Aus jeder Bewegung meiner Feinde lerne ich und werde beim nächsten Mal effektiver sein. Aus jedem Skrupel erfahre ich den Unsinn eines Skrupels, werde skrupelloser sein. Intelligenz ist <u>nur</u> Praxis, nie Theorie, nie, um nur intellektuell und höher zu wirken. Ich breche heute den Krieg, der für Euch Frieden ist.

Nur <u>ich</u> nehme wahr, nur <u>ich</u> bin Gesetz, nur <u>ich</u> bin mein Herr.

...und nun bin ich erwacht...

KAPITEL V

...wieder einer dieser Sonntage...

Morgens, noch in der Nacht komme ich zu mir. Klamm und benommen versuche ich, meine Gedanken zu ordnen. Meine Augen dürfen wieder sehen und mein Körper gehört wieder mir. Erquickenderweise muß ich gleich jede einzelne Sehne, alle Gliedmaßen auf ihre Funktion testen. So wie man sich eben reckt und streckt, wenn man gerade erwacht ist. Wo befinde ich mich eigentlich, wo hat er mich wieder hingeschleppt, dieser verweichlichte Nichtsnutz?

Aha - ich kenne diesen Ort. Mit Freude muß ich erkennen, daß ich mich in einer gräßlichen, stickigen Zappelhalle befinde. Nicht, daß man es falsch versteht - ich hasse diese Art von einem großen Menschenstall zutiefst, doch brauche ich hier das Übel nicht lang zu suchen. Aus diesem schwitzenden Gewimmel von Wochenendfreudetouristen dampft es ja förmlich hervor. Die Krankheit ist hier zu einem dicken, ekelhaft pulsierenden Konglomerat zusammengeflossen, so daß man direkt darin herumstochern kann. Nun zur genaueren Lagebestimmung.

Ich sitze direkt an der Bar, habe den perfekten Einblick auf die Tanzfläche und vor mir steht ein stinkendes, gestrecktes, schales "Diskobier". Hinter und neben mir reiben sich wogende Körper. Dies empfinde ich als derartig abartig, daß ich mir als erstes durch ein paar kräftige Ellbogenstöße Platz schaffen muß. Ein lächerliches Geraune der Empörung entsteht, welches alsbald versiegt, sowie ich jedem Zappelvieh in die Augen starre. Ich habe jetzt noch keine Lust zu "selektieren", da ich noch damit beschäftigt bin, meine Lage zu bestimmen. "Ihr Lämmer könnt noch warten!", lache ich sie kichernd aus und beachte sie nicht weiter. Nun bemerke ich aus den Augenwinkeln heraus, wie mich jemand anglotzt. Ich verweile noch ein wenig in meiner derzeitigen Position und drehe mich dann blitzartig um.

Fragend, verdutzt und verängstigt schaut mich so eine Bartante an. Ihre Kleingeistigkeit steht ihr regelrecht ins Gesicht geschrieben. Sie ist die typische Dirne, die sich einen kurzen Minirock anzieht, einen Stringtanga darunter und sich bei jeder erdenklichen Situation bückt. Dann schauen natürlich alle besoffenen, notgeilen Kerle dorthin und sie tut ganz empört. In Wirklichkeit wägt sie aber schon ab, welche dieser Schnapsleichen sie heute mit ihrem verbrauchten Körper beehrt.

"Er mußte sich wohl mit ihr unterhalten haben", denke ich bei mir. Ich lächele sie an und nach einer Weile grinst sie zurück.

"Was glotzt du so beschissen, mach mir lieber ein Bier!", gebe ich meinen Durst zu verstehen.

Sie trabt davon, um sich, irgendwo hinter der Bar angekommen, ausgiebig zu bücken. Ich drehe mich zurück in Richtung Tanzfläche. Wie in einem Zoo sind hier wieder alle Gattungen des Neumenschen vertreten. Der "coole" Typus, der sich wie ein Fragezeichen, ein Bein nachziehend, umherschleppt, tritt jedoch am meisten auf. Mit seinen "Verwandten" hat er auch schon eine Art Zeichensprache entwickelt, die so banal und beschränkt aussieht, daß sie natürlich jedem gefällt. Ich verlasse die Bar, um sie besser beobachten zu können. Und wieder in dieses ekelhafte Gemenge.

Hunderte von "harten Jungs" stellen sich einem in den Weg, um zu beweisen, daß man an ihnen nur herumgehen kann. Den Erstbesten schlage ich mit der Faust vor die Stirn. Dabei habe ich den Mittelfinger ein Stück herausragen lassen, so daß er ein spitzes Dreieck bildet, welches einen gewissen Bonusschmerz erbringt. Der rempelnde Idiot hält sich nach vorn gebeugt seinen durchlüfteten Kopf. Ich schubse ihn endgültig hinweg und gehe weiter. Es bildet sich nun teilweise sogar eine kleine Gasse in diesem Gewimmel. Ist es nicht das Superlativ der Lächerlichkeit, wenn man sieht, daß die Menschen von heute derart überzüchtet sind, daß sie schon Angst bekommen, wenn man einfach entschlossen schaut und handelt? Mit kalten, lächelnden Augen schreite ich voran und alles was sich mir in den Weg stellt, tritt entweder beiseite oder wird beiseite geschmettert. So, ich bin nun dicht genug an der Tanzfläche, um zu beobachten. Ich empfinde diese Tanzflächen immer als besonders bezeichnend, ich vergleiche sie stets mit dem Unterdeck einer römischen Sklavengaleere - einer haut auf die Pauke und alle rudern im Takt. Der einzige Unterschied ist vielleicht der, daß es den Sklaven von damals bewußt war, in welcher Position sie steckten - dies scheint heute anders.

Nun gut, ich beginne zu selektieren. Mit Selektieren meine ich, ich suche mir das Prachtexemplar des multiplen Gehirnsklerosehaufens heraus, um es aus seinem chillenden Dasein zu "erwecken". Ihm meinen Hass und meine Abscheu vor dem, was er eigentlich ist oder darstellt, in seinen hohlen Schädel und seinen morschen Körper hineinzudreschen. Ihm eindeutig klarzumachen, daß ich für ihn nicht tragbar bin und er noch viel weniger für mich. Schon jetzt hör ich das Gejammer: "Was ist denn mit Dir, was hab ich Dir denn getan?" Und schon jetzt höre ich mich schreien: "Du bist so wie du bist - du bist so wie du bist - und das ist es, was dich zu meinem Feind macht".

Herrlich, einer dieser Fulltimeprimaten schaut mich schon jetzt angewidert an, ganz durchdringend blicke ich

55

zurück. Eine Weile verharrt er, wendet sich jedoch witzelnd und auf mich deutend an seine Kollegen. "Hervorragend.", denke ich bei mir und male mir aus, wie seine bekiffte Fratze wohl aussieht, wenn ich mit ihm fertig bin. Nun folgt ein langweiliges Wechselspiel aus Anglotzen, Provozieren und sich Lustigmachen. Endlich kreucht dieser Schnösel auf mich zu - natürlich seine anderen Karnickel im Schlepptau.

"Haste ´n Problem?", fragt er und ich gebe ihm per Handzeichen zu verstehen, daß ich ihn nicht richtig gehört habe.

"Ob du ein Problem hast!", kommt es noch einmal aus seinem zuckenden Gesicht. Ich rotze ihm einen fetten Fladen in seine entstellten Züge. Jetzt wird es amüsant: er "dreht nun durch", und zwar so, daß ihn seine Kumpel "zurückhalten" müssen - vielleicht weil sie denken, er könnte mich verletzen, vielleicht weil "es das nicht wert sei". Ich bleibe ruhig sitzen und lache ihn aus. Als er sich nun beruhigt und wieder in seine Ecke zurückgezogen hat, gehe ich zu ihm. Sofort baut er sich prustend und schnaubend auf - er erinnert mich an einen Kugelfisch, der sich bei Gefahr aufpumpt, um bedrohlich zu wirken, obwohl er es nicht ist. Jedenfalls erkläre ich ihm, daß ihn draußen eine kleine Gesichtsoperation erwartet. Mit wutentbrannten, gleichzeitig aber auch entsetzten Augen tastet er sich nun durch das Gemenge. Mit Vorfreude betrachte ich, wie seine Vasallen mir "ganz unauffällig" folgen.

Endlich draußen angekommen, noch den jämmerlich drohenden Hausverbotsspruch des Einlassers im Ohr, soll es beginnen. "Heute habe ich Lust zu spielen.", denke ich bei mir und überlege mir eine Strategie. Mein großer Vorteil ist eigentlich immer der, daß ich unterschätzt werde. Zurecht, bin ich ja auch noch von sehr jünglicher und ausgesprochen hagerer Gestalt. (Doch sitzen Taten nicht allein in den Muskeln und im Geiste, sondern in der Bestimmung.) Diesen Vorteil werde ich mir auch heute zu Nutze machen.

Da mein Gegenüber größer und kräftiger ist, entschließe ich mich, ihn eine Weile in Sicherheit zu wiegen. So lasse ich mich ein wenig herumschubsen und schlagen, genau so lange, bis er und seine "coolen" Kumpel "coole" Sprüche herausjubeln. Nun geht es los. Ich fange einen Schlag ab, der zu meinen Gesicht gerichtet war, schiebe ihn zur Seite und lasse gleichzeitig meinen anderen Ellbogen in sein Jochbein krachen. Dann wird es still und man hört nur unseren angespannten, kämpfenden Atem. Wenig später versucht er ziemlich plump, mich mit seinem Fuß zu treffen, woraufhin ich ausweiche und sein Standbein hinwegfege. Er stürzt nach hinten, um anschließend auf mein angewinkeltes Knie zu fallen. Einen letzten Angriffsversuch gewähre ich ihm noch, um ihm dann endgültig seine nichtssagende Grütze aus dem Pelz zu dreschen. Und wie ich so dabei bin, merke ich erst gar nicht, wie mich jemand an meinen Haaren zieht.

"Du bist ja krank! Hör auf! Du bist ja krank!", bläkt mich so ein anderer Trottel an.

"Richtig geraten!", bestätige ich und schlage ihn mehrmals in seinen unangespannten Magen. Er sackt zusammen und lässt mein Haar los. Ein kleines Forum von Gaffern hat sich gebildet, die wie Geiseln bei einem Banküberfall dastehen und nicht so richtig wissen, wohin mit sich. Ganz ruhig und eitel ordne ich meine Loden und mache mir einen Zopf, um anschließend diese feige Szenerie zu verlassen.

Auf dem Weg nach Hause überfällt mich wieder diese mächtige Müdigkeit, ich kann mich kaum gegen sie wehren, ich wandle nur noch - schaue meinen Füssen zu, wohin sie mich tragen. Bald schlafe ich tief und fest ein. Dieser Schlaf ist stets wie ein Koma, er zieht sich manchmal über Tage, manchmal über Wochen. Und irgendwie scheine ich ständig zu träumen, sehr komische Träume. Sie handeln immer von ihm, wie er sich ständig hinterfragt, sich dauernd verklärt und versucht, sich abzulenken. Träume, die mitten in diesem Terrarium aus Regeln und Moral handeln. Ekelhaft eingeengt und unfrei wirken sie, so wie sich ein Tier der Wildnis hinter Gittern fühlt, wenn es nur noch auf und ab gehen darf, wie ein Greifvogel, der seine Schwingen nicht ausbreiten kann, weil sein Gehege zu eng ist. Einfach ekelhaft klaustrophobisch. Und trotzdem geben diese Visionen mir die Kraft und die emotionale Energie, aus der mein Wesen geschaffen ist.

Endlich werde ich wieder wachgerüttelt und muß mich umschauen. Eine Fußgängerzone an der großen Hauptstraße meiner Stadt ist heute das harte Bett, in dem ich erwache. Merkwürdig ist, daß die Straßen wie leergefegt sind, was mich kombinieren lässt: es muß Werktag sein. Es ist bestimmt Mittwoch, denn an diesem Tag besäuft sich dieser Trottel sehr oft, weil er seine Nutzlosigkeit unter der Woche ertränken will. Vor einem großen Kaufhaus stehend, welches nebenbei bemerkt ähnlich wirkt wie eine Konservendose für Büchsenfisch - dabei diese lächerliche "Ästhetik" aber noch nicht einmal erreicht, bekomme ich nun mit, daß ich so allein gar nicht bin. Denn während ich mich so umschaue, stehen drei Fehltritte der Darwinschen Evolution auf kurzer Distanz zu mir. Sie sehen schon fast unterhaltsam beschissen aus und glotzen mich wie Karpfen erwartungsvoll an.

Mir schwebt irgendwie das Wort "Drecktasche" durch den Kopf, als einer dieser Gossenmutanten mich angreift. Er kommt auf eine sehr dämlich aussehende Weise auf mich zu gepoltert. Irgendwie erinnert er in dieser Bewegung zusammen mit seinem bunten Schrubber auf dem Kopf an eine besoffene Medusa, die gerade ausgerutscht ist. Ich muß lachen und klatsche ihm mit meinem Ellbogen lauthals Beifall für diese Komödie. Ohne zu überlegen, doch stets die beiden anderen Gerümpel in den Augenwinkeln, lege ich ihn so effektvoll wie möglich zusammen. Es ist manchmal für mich selbst verwunderlich, wie flüssig und reflexartig ich bestimmte Bewegungsabläufe aneinander reihen kann. In nur ein paar Sekunden habe ich sehr harte Treffer im Kopf-, Brust- und Beinbereich landen können. Dies geschah so schnell, daß "Drecktasche" nichts weiter unternehmen konnte, als Sandsack zu spielen. Nun gut, der wäre erledigt - jetzt zu den Anderen. Jedoch befällt mich ein gewisser Ekel, als ich den Einen genauer mustere, denn der sieht aus wie ein ganzes Jahrhundert Pest und MKS zusammen. "Igitt.", denke ich und mache mich ans Werk, den anderen in die Finger zu bekommen. Dieser hat meinen Plan allerdings schon durchschaut und das Weite gesucht, so daß ich schließlich doch diesen ekelhaften Pestpopel jagen muß. Dennoch entkommen mir beide.

"Wir sehen uns noch!", schreie ich ein paar Steine werfend ins nächtliche Dunkel. Der dritte Karpfen rappelt sich - warum auch immer - wieder auf und bekommt sogleich noch ein finales Streckbein in seinen hansapilsverdauenden Schweinebauch. Offenen Auges versiegt

nun wieder mein Bewusstsein und ich begebe mich Stück
für Stück in das Pantheon meines "hässlichen Schlafes".

Und so wird es immer sein:
kämpfen,
schlafen,
träumen,
und deshalb kämpfen...
schlafen...
kämpfen...

Nachwort

Und so wird es immer sein: ich werde ihn mit meinen Lippen reden hören, ich werde ihn mit meiner Stimme sprechen hören, ich werde ihn mit meinen Händen handeln sehen und ich werde ihn stets dafür hassen, daß er teilweise immer noch versucht, mit den Laborratten zu harmonieren, daß er mich einfach nicht zulässt, daß er mich verdrängt, mich verneint, sich meiner schämt, diese Grenze zwischen uns aufbaut und sie mit Stacheldraht im eigenen Hirn verstärkt. Wie hoch muß diese Palisade im Fleische, im Geiste, im Wesen noch werden, wie tief dieser Abgrund noch gegraben? Wir beide stellen uns stets ein und dieselbe Frage: "Liegt er richtig oder ich?" Noch existentieller: "Er oder ich?"

Eins ist jedoch Fakt - wir fragen uns schon lang nicht mehr, ob die "Anderen" richtig liegen, haben die ja noch nicht einmal das Verständnis für das Wort "Richtig". Lassen sie sich ja seelenruhig einwickeln in einen klebrigen Kokon und beglückwünschen sich gegenseitig dafür, faulende Leckerbissen im wabernden Netz des großen weltfeindlichen Spinnentiers zu sein. Ja, sie honorieren, sie ehren diejenigen, die am unablässigsten waren, ihren Geist und ihren Wert als Folgeglied unserer Ahnen im güldenen Morast der Manipulation verrecken zu lassen. Diese "Umbewertung" ist nichts anderes als eine Entwertung! Der Mensch, betrachtet nach seiner heutigen Definition, steht nicht über, nicht auf einer Stufe, nein - er steht unter jedem Lebewesen, das wenigstens das Wesen zum Leben besitzt und nicht versucht, sich von seiner eigentlichen Art weg- oder "darunter" zu entwickeln. Will man dem trotzen und seinen Instinkten folgen, wird man unweigerlich zur Gefahr, zum Übel oder besser zum "Hilfebedürftigen". Man muß die Ironie zulassen, daß

man als eigentlicher Menschenfreund ein Menschenfeind
ist...

Anhang

"homo decadence"

Pfaffen nenn ich euch, Feinde eurer Art
tollend und stampfend bahnt ihr eure Wege
über unsere fruchtende Asche
und heimlich pflanzt ihr eure Saat

Wohl wahr - die Welt für euch so transparent
"habt ihr ja Augen, die alles sehen"
mit Lug und Trug wuchert der Infekt
die "Norm" des Seins - uniform ihr Schein

Ihr seid zu still, daß man euch hört
nur euer Handeln bringt lauten Schall
und all die Schatten ihrer selbst
geben taub und jubelnd Wiederhall.

Wahrlich - ihr seid die Krone **eurer** Schöpfung
als Thron gewählt habt ihr die Welt
als Moral "verklärt" ihr alles Werte
sprecht euch heilig, sprecht immer wahr.

Doch wiegt euch nicht zu sicher und geborgen
ihr Erreger im Fleisch der Welt habt noch nicht alles und
jeden verdorben
ihr sagt es selbst - und auch ich sprech's mit Hohn :
Undank ist euer Weltenlohn

NLC - Verlagsgesellschaft bR

Weitere Publikationen unter dem Kenaz Black Book Label :

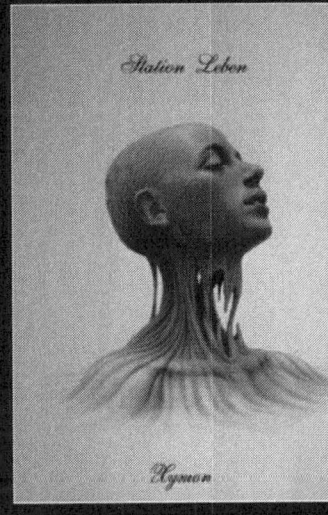

Xymon

" Station Leben "

ISBN : 3 - 8311 - 1983 - X

www. xymon. de

Gesammelte Werke einer gedanklichen Tragödie
und
die Erinnerung " Schmerz " in allen Formen.

www. kenaz. de